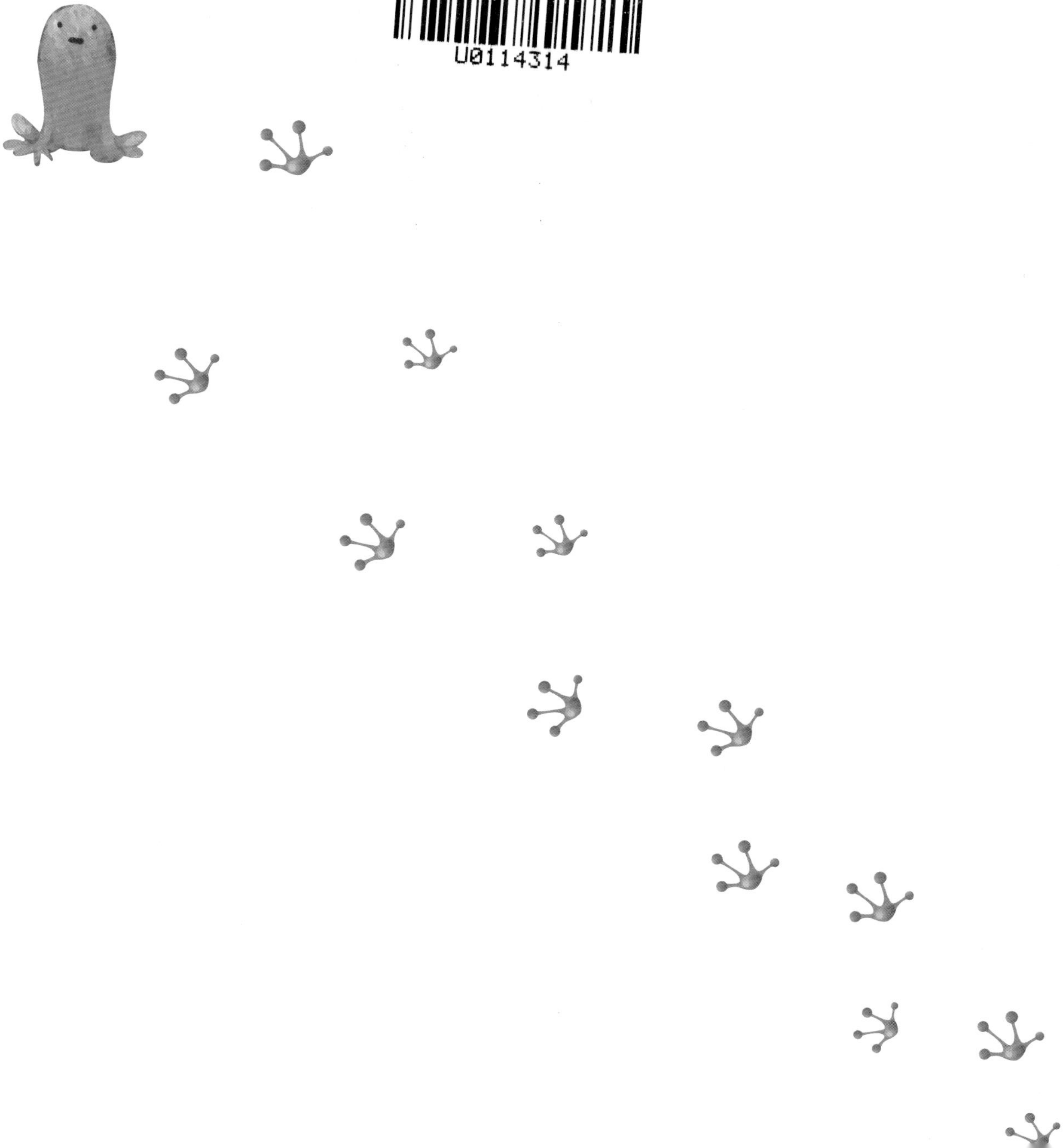

代序

冷月熱火

中秋印象，熱鬧而清幽，一家團聚，不帶農曆新年繁囂俗氣，不似清明重陽平添哀愁。

月餅肥，水果美，燈籠亮，笑洋洋！兒時提燈往街上走，夜半徘徊灣仔天樂里，前行不越大榕樹，後走不出街角巷口。燈籠傳統如昔，花樣年年相若，不是楊桃就是兔，或是可摺疊的紙燈籠，遠不如今天塑膠超人、日本玩偶日新又新，破格別緻。小學美勞課教我們紮楊桃燈籠，僅用古老的竹篾、紗紙、縐紙等，偏捨不得拿來冒險。燭火熄滅，急急折返要父親點火，或拔舊加新，薪火斷續傳。最平民的中秋，燈飾來自四面八方，集幾代人之力，不讓聖誕漫天燈飾專美！

某年舉家上山，山頂公園陣明陣暗，人皆三五圍攏，燈火搖晃，秋涼升了溫。柚子、柿子、提子、香蕉、鮮橙俱在，星月滿地。此時此地，賞月不賞月，也許無關宏旨，月缺月圓，無損團圓心情。

另一次夜登山頂，與三五友人燃放煙花，忙亂中遭警員叫停，幸得全身而退。隨後東走北角，在商務書店附近的 American Cafe 呆坐長長夜，至清晨徒步上寶馬山，重遊中學校園舊地，算是初次通宵在外過中秋了。

一年容易又中秋，近日天氣轉涼，秋意盈盈，香港也變得清雅了。是秋天令香港可喜，還是香港的秋最短最美？

自那個夏天母親過身後，中秋團圓之夢難圓，秋天亦更見短促。提燈之舉久已不作，別家燈火，借點餘溫吧了。

中秋印象，在冷月熱火之間，稍縱即逝。商借餘溫的我也不錯，一如吳剛伐桂，隨砍隨合，隨合隨砍，無了期的追求，總覺落空了還有！

二零零四年十月五日

羊孤獨

孤獨羊。

夜浪熱浪浪浪漲
推哪扇心窗
數星數月數心鄉
由熱數到涼

路正長
難行行難孤獨羊
草原非家還是家
任食遍地糧

捲走。

詩潮起伏疊出眉頭皺
多愁
她永不是杯中酒
如風中鷗
潮湧鷗起添距離
脣邊成絕地
地球的最卑微
眉頭一皺一生悲
鬢邊白浪美
白白捲走

鳥之髮。

鳥之髮織夢
望無涯飛無涯
舉輕若重

一身髮
數不清
繫翼拍拍逆風去

風裡顫
飲羽纍纍
月月歲歲

流失熱以煙
騰雲氣
不欲飄如風
無情吹片帆影滑蒼穹
火浴這鳳
火浴這鳳

留日生

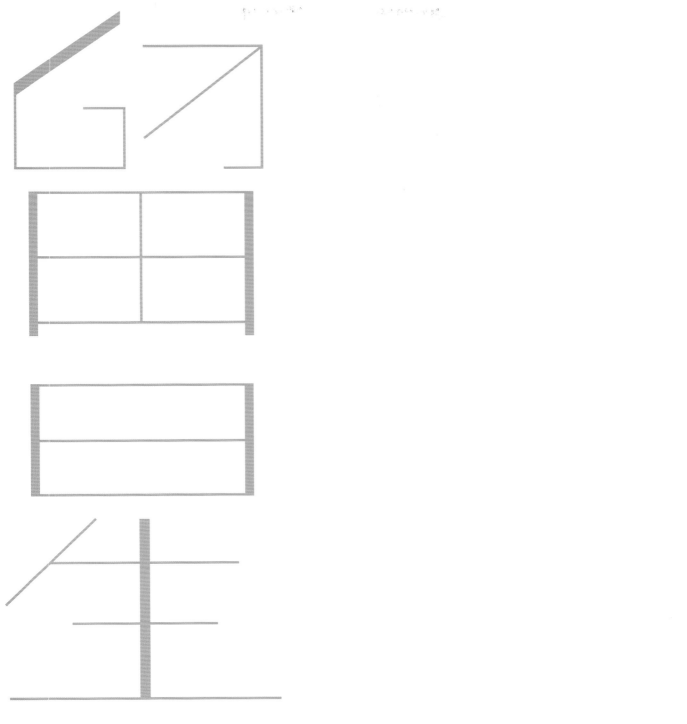

留星。

遠來音信少
近來皺眉多
未曾生你氣
還待去心魔

風捲雲鬢揚
星留荒漠上
昨夜會面近
歷久吻痕新

心石。

千家萬戶聲漸細
心力仍枉費
水落石出露端倪
長流磨不低

海枯石爛永難待
今只活半世
執子之手終化骨
相思淚眼得眼閉

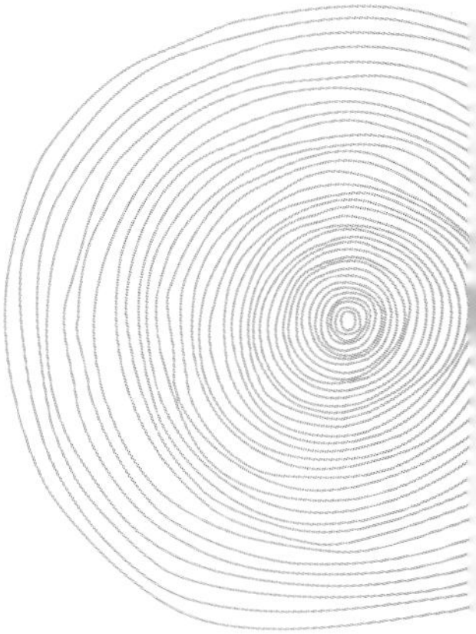

別。

我哀此次的別離
再不是時空的分隔
是彩夢醒來黑白
是亂聚終成對立

跳躍的步伐就如你
是野馬，攔不住
攔住了，也是盈堆腳印
你我的，亂踏

是柳枝本不是鐘擺
是炊煙留不住過客
是夕陽照不到午夜
是背影看不出眉額

我哀此次的別離
再不是時空的分隔
是雨是霧，來去不察
唯覺身墮其中的一霎

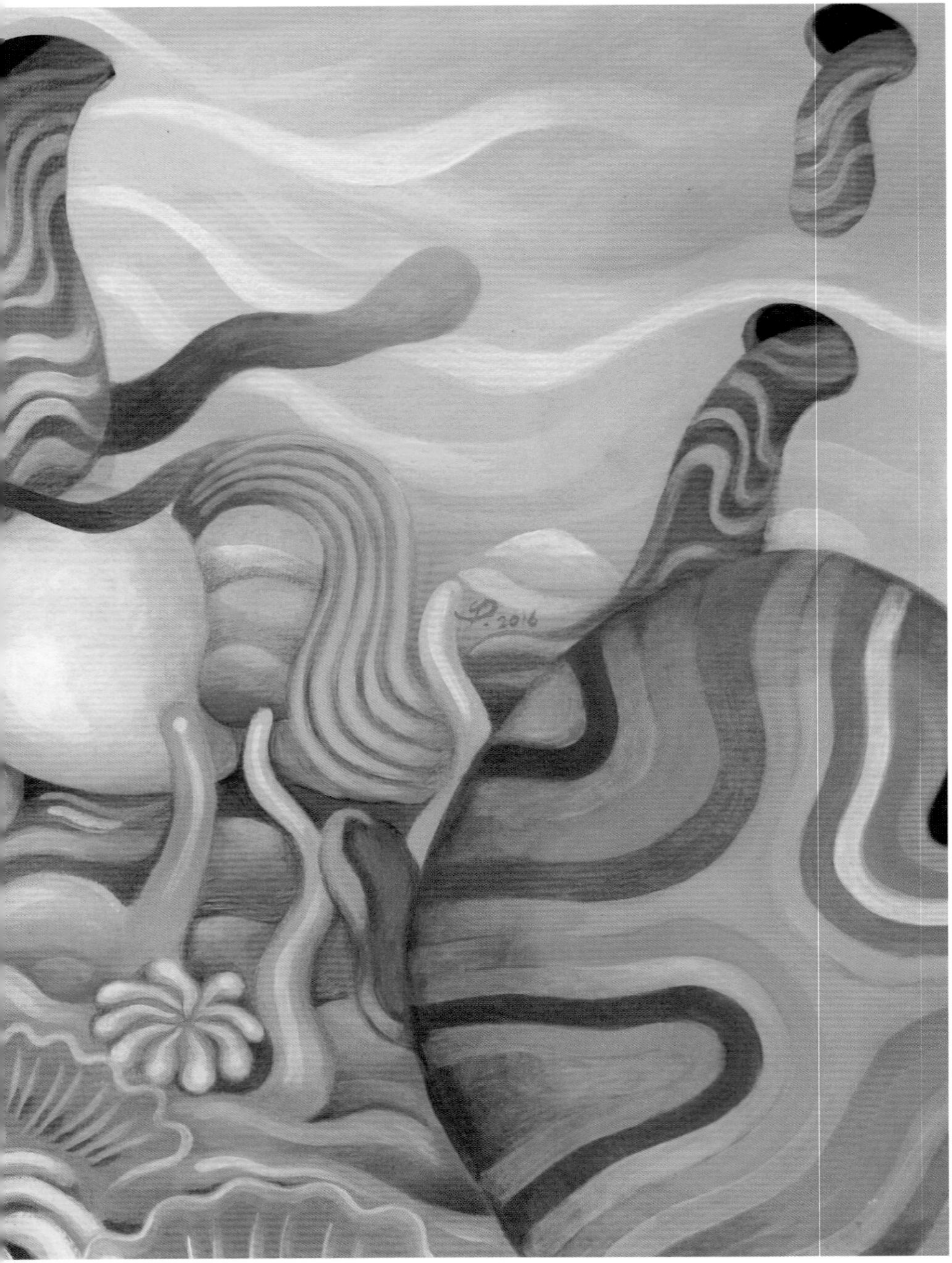

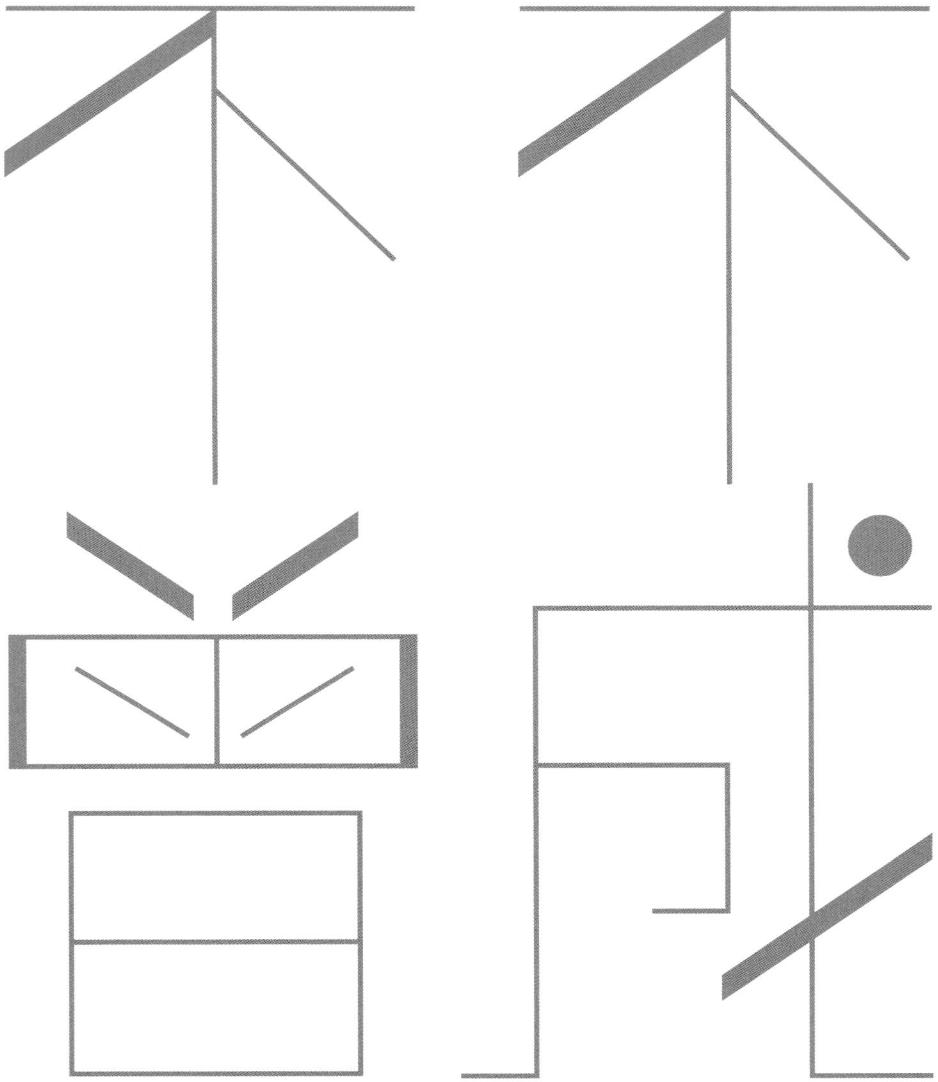

不成不曾。

捨身
拾葉如許
然而

葉不成樹
樹不成林

林不成木
木不成琴

琴不成音
音不成吟

黑不成夜
命不成人
不成不成如恆

仍念悠悠天地
曾經不成不曾

慢。

秋的步履沓沓復悠悠
葉落期待已久
茂密水氣仍稠
光線下投
透明大氣不透明
件件衣衫飄舞影
輕風作弄
絲綢紗麻尼龍絹
念你身段總倦

大地在我懷裡
的剎那。

我是天空裡的一片雲
剛抽走了骨架的肉身
快將粉身化雨化雪
化冰化緣

足印都沒了
你拄着我的脊樑拐杖遠去
剛越過我的冰天雪地
拐杖便丟下了

我是天空裡的一片雲
你忘掉的我記得
大地在我懷裡的剎那
我在你腳下

大地在我懷裡的剎那

舊人。

同離開了飯廳
睡房門上了鎖
打掃過的客廳
算熟練地就座

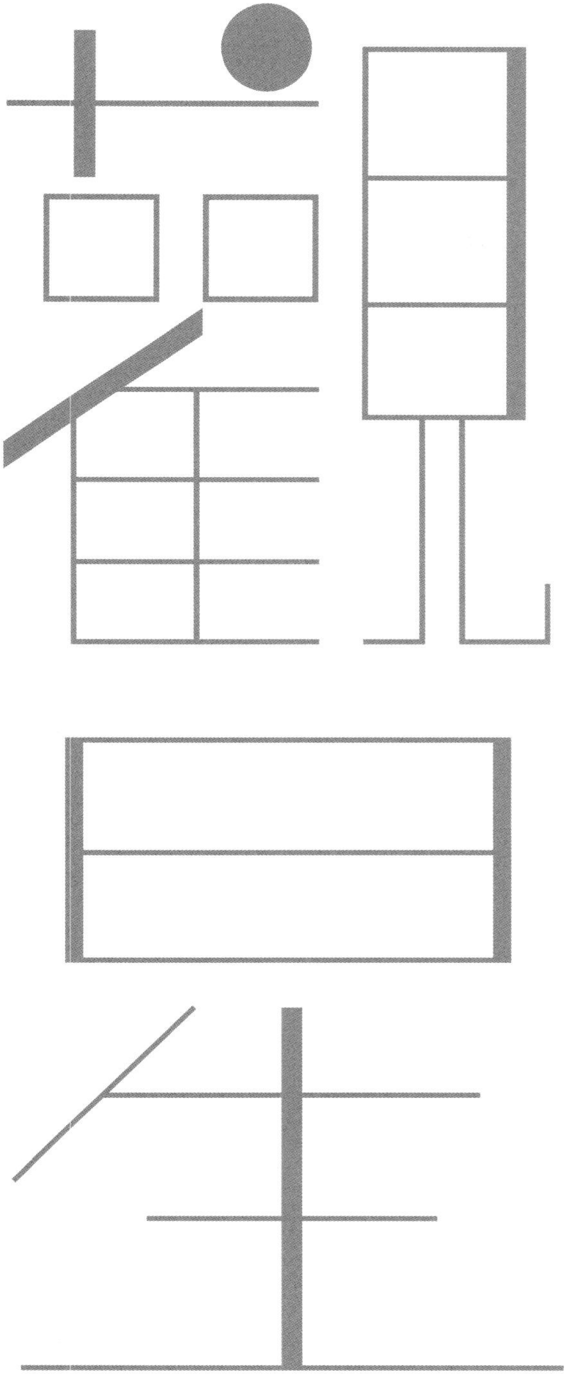
觀日生

2016

觀星。

如你化身天上明星
讓我續以不倦的眼睛
極目探索
若虛若實的光華
星叢中你應不減當年瀟灑

那時
你縱已遠飛，縱已飛遠
容我仍待於此，待我於此
夕拾朝花

亦古亦今的傷心。

都市鬧聲沓沓瀉地殺萬人
水銀刀尖刺戳血中冷
是鐵分增了又增
屍疊屍疊出黃土銹跡斑斑
填牙罅，你我他總想搶一把
不理自身長短髮白無牙
淚不下掛，不洗滌
死氣灰塵沾滿襟
手不拂拭，腳終伸直
毋用屈膝拜神佛
卻來大地震
風暴海嘯山崩

借惡風斬盡石屎森林呀披露梟首地層
綠血滴滴，鳥兒處處覓食
古音吞吐田野，勇士爭戰為民
但當代人已乏力
儘管不理紅燈衝死域
一心進鬼門，一人握一卷
呀聖經，還是科學才神性
呸！看我手揮無敵
展萬卷，唐詩宋詞
卷卷活了死死了活
而眾詩人書生早已吟倦哦悶超古今
我命定
以我心胸廣闊
靜待，舊日傲氣重生

望春。

春在遠春在遠
地球枉轉
四季不休還得休
處身愁

失救失救
律詩成絕句
枝椏空舉
沒處弄蒼翠

懷念

懷念。

懷念成了籌碼
一把把往腦裏押
對手仍是自家

賭博多為欺騙
卻有強力感染
就是敗北連年

如果你在遠方等我。

如果你在遠方等我
地平線是一彎眉毛
我就在你眼底

如果你在遠方等我
日月是我倆常客
匆匆來去兩地

如果你在遠方等我
懷念增加了思念
思念終成懷念

觀星坐斗。

如果你在遠方等我

無題。

近來事忙，雜念偏多，
筆走四野，滴不成河。
秋深葉落，欲斷未完，
難捨仍卸，細大同捐。
來日方長，今古皆空，
生死兩邊，苦樂其中。

看似
果花

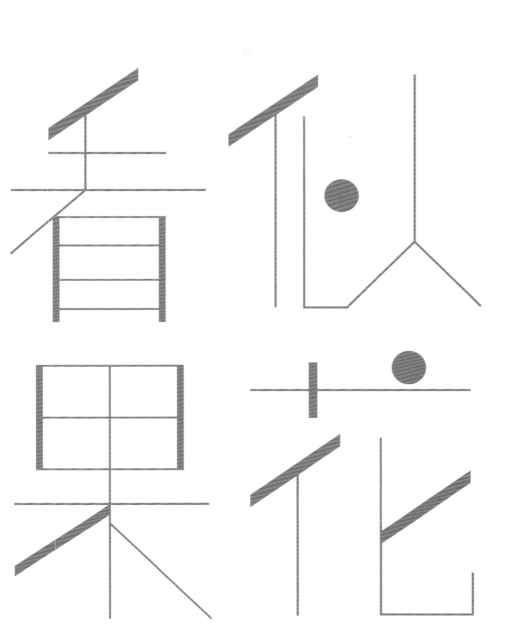

似花。看果

歌剩下了多少歌詞
柔的剛的，似踏春泥
似花看果

心剩下了多少心跳
緩的急的，似踏冬雪
似果看花

我是否，你問我是否
看你看到最後
最後的一個

你是否，我問你是否
聽我聽到最後
最後的一個

小孩的眼睛。

小孩子的眼睛多靈動
眉來眼去
兩尾肥魚互追
濺出晶光水點泛玲瓏
光芒四處送

過去也愛到處闖
你睥睨的我偏前往
如今魚尾擺定了一方
眼光只好向遠望

有你。

那次你別離
掀我一生悲
悲中有喜
詩中有你

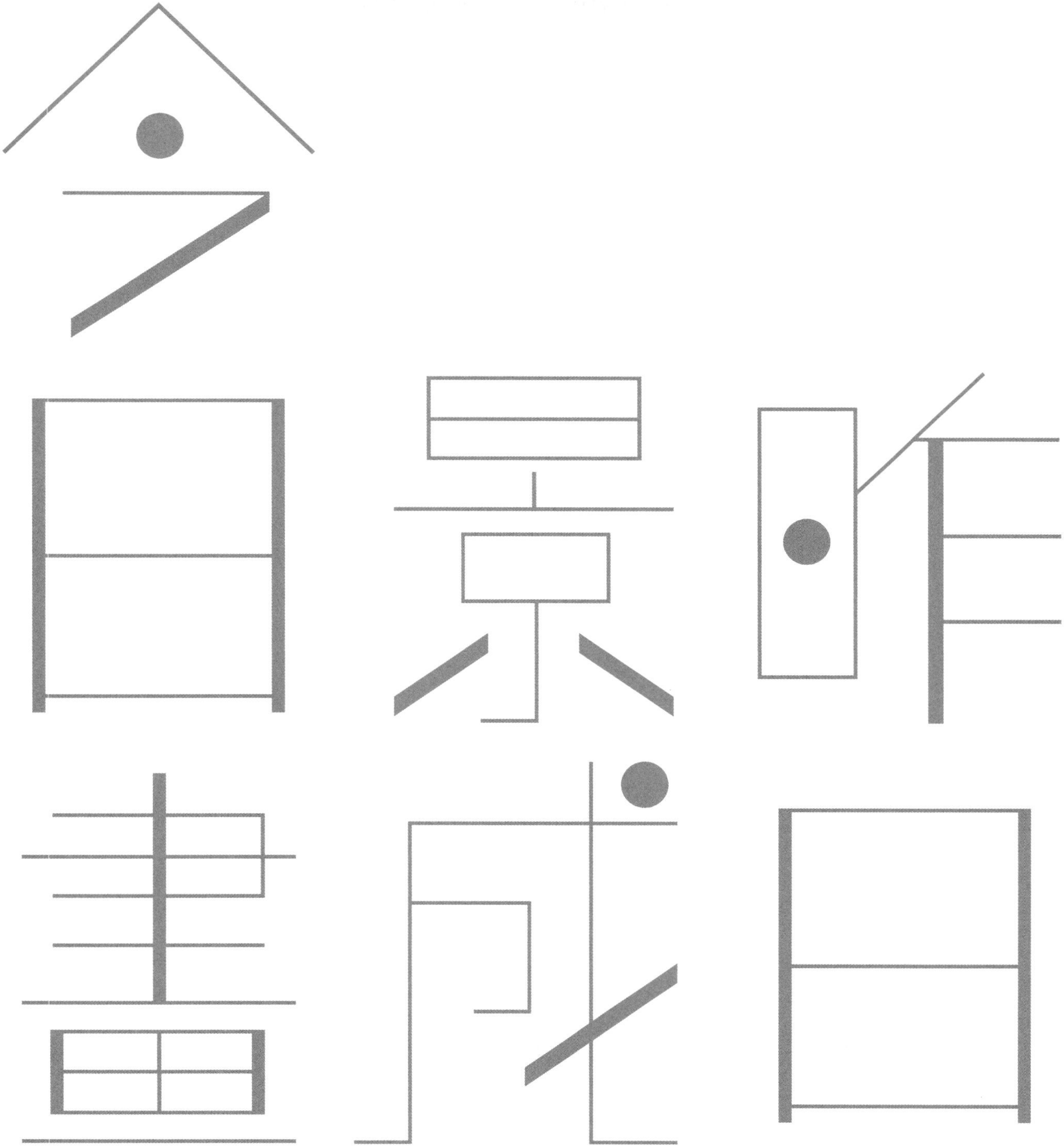
今
日景昨
畫成日

昨日景成
今日畫。

山色仍堆砌
風光早歷千秋
朝時日上暮時下
昨日景成今日畫

風急雨橫眼閉緊
沒處遂我心
隨樂隨悲雨前茶
一杯苦便下

前航。

前航莫問喜和哀
兩岸皆遙哪岸來
有負殘年冬早逝
無關遠景眼遲開

三更剩焰連宵點
四處時花一意栽
任我揮舟蘸苦海
留詩與畫不留才

悲秋。

萬里天外浮雲淡
夕陽冷
此處黃昏此處愁
濕潤眼

痛飲三兩盞
杯中撈月情無限
眼界是難關

且莫怨，秋來晚
秋來也許融心間
隻影孤單
悲秋亂翻破葉灘

不交臂彎不並肩
禿枝對剪兩分天
不聽秋虫不收風
風把秋送走碧空
給誰寵，與誰擁
濃冬月圓失影蹤

坐井觀星。

落花

落花。

遍尋山野不獲
溪水不濯
荊棘冰鋒
傷了觸覺

走失的我倆
同跌進淺陋的井口
沒多餘空間
安置大石於心頭
才驚覺
井水多高也成不了激流

這誤會是美麗卻不是承諾
你我大可舌粲蓮花
卻總有花開花落

你的井
我的水。

大地茫茫
黃沙奔忙
天低樹危
何處躲藏

念是水人如井
是源也是歸
雨下流漓不妨

妙筆。

秋來不及時
熱氣早熏天
蝸居如在煎

生來每事因人變
去我光陰灰塵溵
已然厭

可有玉手起如蓮
自拔污泥不染

觀坐星中。

掉
擠
也
呢
命運
擠掉啊
瓶蓋終給
上擠往上擠
的瓶我往
頸長而窄
命運是個

命運。

坐井觀星

後記

不如不聚，不成不曾

海德格爾 (Martin Heidegger) 的 thrownness，讓我來詮釋，無非就是「不如不聚，不成不曾」！

人之出生，本非自願，爾後風光雨雪，人事紛繁，多所逆料不及。十嘗八九之事，充塞天地，正氣似有還無。人之大患，更在於身心之「不一不二」。身心之「不一」也，吾乃奢慕身外之物，好高騖遠，其源於「悶」；身心之「不二」也，吾終歸侷促於一副臭皮囊，鳥而知還，其終於「倦」。由是觀之，千情萬事，人皆以「悶」始，以「倦」終！身心如是，煩憂自來，「不如不聚」之念由之而生。惜此念才起，事已至此，一切俱成「曾經」矣！

人既已生下來，給擲到大地上，吾意識所及者，莫不離「曾經」兩字。孤單一人，徘徊八方，在「不成不曾」中癡念「不如不聚」，應捨不捨，談何解脫！故詩云：來日方長，今古皆空，生死兩邊，苦樂其中！

二零一一年三月三日

台灣當代詩大系 14

坐井觀星

作　　者：青蛙
插　　畫：畢奇
美　　編：余志良
執行編輯：高雅婷
出 版 者：博客思出版事業網
發　　行：博客思出版事業網
地　　址：臺北市中正區重慶南路1段121號8樓14
電　　話：(02)2331-1675或(02)2331-1691
傳　　真：(02)2382-6225
E—MAIL：books5w@gmail.com、books5w@yahoo.com.tw
網路書店：http://bookstv.com.tw/
http://store.pchome.com.tw/yesbooks/
博客來網路書店、博客思網路書店、
華文網路書店、三民書局
總 經 銷：聯合發行股份有限公司
電　　話：(02) 2917-8022　傳真：(02)22915-7212
劃撥戶名：蘭臺出版社　帳號：18995335
香港代理：香港聯合零售有限公司
地　　址：香港新界大蒲汀麗路36號中華商務印刷大樓
C&C Building, #36, Ting Lai Road, Tai Po, New Territories, HK
電　　話：(852)2150-2100　傳真：(852)2356-0735
總 經 銷：廈門外圖集團有限公司
地　　址：廈門市湖裡區悅華路8號4樓
電　　話：86-592-2230177
傳　　真：86-592-5365089
出版日期：2017年5月 初版
定　　價：新臺幣280元整（平裝）
ISBN：978-986-94508-4-3

國家圖書館出版品預行編目資料

坐井觀星/ 青蛙 著 --初版--
臺北市：博客思出版事業網：2017.5
ISBN：978-986-94508-4-3（平裝）

851.486　　　106003842